Paola, les Saucisses et Marilyn

Comédie polyptyque

d'Eric CESAREVICH

Scène 1

La conteuse : Je vais vous raconter l'histoire incroyable mais fausse de Paola. Paola était une petite fille digne d'un roman de Victor Hugo. Sa mère était morte à sa naissance, et son père, militaire de carrière, avait dû, contre son cœur, la confier à son oncle et à sa tante. Il lui rendait visite, aussi souvent qu'il le pouvait, la couvrait de cadeaux et de baisers, mais rien n'y faisait : Paola grandissait seule et triste.

Scène de repas, le père sur le départ.

Père : Je dois y aller. L'autocar m'attend. Un petit sourire Paola ?

La tante : Souris Paola ! Fais comme ta cousine, elle, elle sourit !

Cousine : Parce que moi j'ai de belles dents !

Oncle : Tu nous reviens en un seul morceau, dis ! Et frétillant ! Les balles perdues, ça finit toujours par trouver !

Père : Arrête ton cynisme devant les enfants, Jacques ! Vous prenez soin d'elle hein !

La tante : On fait ce qu'on peut, mais elle est pas facile !

Paola : Je vous déteste !

La tante : Voilà ! Voilà, et voilà !

Père : Sois gentille Paola, tu veux ? Je ne m'absenterai pas longtemps. Oh mais dis-donc ! Qu'est-ce que j'ai là-dedans ? On dirait un livre !

Paola : C'est quoi ?

Père : Histoire de la Peinture. Il y a, là-dedans, plein de beaux tableaux. Si tu as besoin de t'évader, ouvre ce livre. Quand je suis à la guerre, et que je vois des choses horribles durant la journée, je l'ouvre le soir et je contemple les œuvres de tous ces artistes. Alors ça m'apaise, parce que je me dis que l'homme est aussi capable du meilleur. Maintenant il est à toi, prend-s-en soin.

Oncle : Aller, file ! Tu vas vraiment rater le départ !

Père : Je cours ! Je t'aime mon ange ! *Il sort*

Cousine : Donne-le-moi !

Paola : Non !

Tante : Laisse-le-lui, ça lui ramènera pas sa mère !

Paola : J'vous déteste !

Tante : Répète voir ça, petite insolente ! *geste stoppé par l'oncle.*

Oncle : Non pas de ça ! Son père nous donne de quoi la nourrir et pour garder intact le matériel.

Tante : Pouffiasse ! ça t'arrange bien de la garder intact toi !

Oncle : De quoi tu parles ?

Tante : Je me comprends très bien. Allez ! Mangez votre purée et vos saucisses !

Cousine : J'ai déjà presque fini !

Tante : C'est bien !

Paola : J'aime pas ça les saucisses !

Tante : Au prix que ça coûte, t'as intérêt de les manger !

Entre grand père, un petit oiseau dans la main.

Tante : Ah Grand-Père ! Tu rentres enfin ! Qu'est-ce que c'est que ça ?

Grand père : Un petit oiseau blessé que j'ai trouvé dans le jardin.

Oncle : Et encore une bouche à nourrir ! Une !

Tante : Jette-moi ça, c'est répugnant.

Grand Père : Hep ! Hep ! Hep ! Il est sur le territoire français et il a le droit d'asile et d'assistance ! Je lui ai construit une petite cage. Paola, tu t'en occuperas. C'est un foulque macroule !

Paola : Un foulque macroule ? Oui, Papi.

Cousine : Et moi ? J'ai quoi ?

Tante : Toi tu as une maman. Viens que je t'embrasse. Paola ! Si t'as fini, va dans ta chambre, et oublie pas ton livre et ton foulque machin ce serait dommage qu'ils finissent tous les deux à la poubelle !

La conteuse : Ce soir-là, un miracle se produisit. La petite Paola ne mangea pas. Son petit compagnon à plumes à côté d'elle, elle ouvrit son Histoire de la Peinture, et soudain, le livre se mit à lui parler. Pour la première fois, elle remonta des siècles et des siècles de formes et de couleurs, et d'une façon bien singulière, les murs de sa petite prison se détruisirent, et la petite Paola s'évada.

Tableau 1 La naissance de Vénus – Boticcelli –

Chloris : Ô Zéphir mon épou ! Fils d'Astréos lui-même fils de Titan Crios lui-même fils d'Ouranos, frère d'Ouréa et mari et fils de Gaïa, mari d'Eurybie, fille de Gaïa et Pontos, qui est père de Nérée, Thaumas, Phorcys, Céto et bien entendu Eurybie, Ô Zéphir, frère de Borée qui est frère de toi-même, de Notos et d'Eosphoros, Ô le père de notre enfant Carpos, pourquoi déposes-tu ton souffle divin sur la chevelure de cette déesse au corps si... imparfait ?

Zéphir : Ô Chloris, nymphe des Iles Fortunées, ou Iles Canaries, l'une des 17 communautés
espagnoles, dérivé du grec chloros, vert, racine de chlorophylle, pigment assimilateur des végétaux photosynthétiques et arôme de synthèse des gommes à mâcher Holywood, marque française créée en 1952 par Courtland Parfet qui participera au débarquement en Normandie en 1944, je suis le vent sur la nuque de Vénus et tous deux nous formons le printemps !

Chloris : Ô Zéphir mon épou ! Fils d'Astréos lui-même fils de Titan Crios lui-même fils d'Ouranos, frère d'Ouréa et mari et fils de Gaïa, mari d'Eurybie, fille de Gaïa et Pontos, qui est père de Nérée, Thaumas, Phorcys, Céto et bien entendu Eurybie, Ô Zéphir, frère de

Borée qui est frère de toi-même, de Notos et d'Eosphoros, Ô le père de notre enfant Carpos, pourquoi regardes-tu ses seins ?
Vénus se cache les deux seins

Zéphir : Ô Chloris, nymphe des Iles Fortunées, ou Iles Canaries, l'une des 17 communautés
espagnoles, dérivé du grec chloros, vert, racine de chlorophylle, pigment assimilateur des végétaux photosynthétiques et arôme de synthèse des gommes à mâcher Holywood, marque française créée en 1952 par Courtland Parfet qui participera au débarquement en Normandie en 1944, tu te méprends... *(rire gêné)...* Et tu n'es pas obligée de me serrer comme ça !

Chloris : Ô Zéphir mon épou ! Fils d'Astréos lui-même fils de Titan Crios lui-même fils d'Ouranos, frère d'Ouréa et mari et fils de Gaïa, mari d'Eurybie, fille de Gaïa et Pontos, qui est père de Nérée, Thaumas, Phorcys, Céto et bien entendu Eurybie, Ô Zéphir, frère de Borée qui est frère de toi-même, de Notos et d'Eosphoros, Ô le père de notre enfant Carpos, je te connais, tu leur fais le coup de l'haleine fraîche, et ziou, on décoquille pour la nuit !

Les Heures : Au 4ème top, il sera 8 heures.

Vénus : J'ai froid.

Chloris : ô les Heures ! Vous avez entendu ? Elle se les caille la princesse, mettez-lui une
couverture... ça calmera peut-être les ardeurs de l'autre !
Elle s'éxécute.

Vénus : Merci.

Zéphir : Quelle voix !

Chloris : Elle aligne pas trois mots.

Zéphir : c'est reposant... *il sort une boîte de tic-tac.*

Chloris : Vous entendez Madame Les Heures comment ils parlent les dieux de nos jours...
heureusement que je le lâche pas d'une sandale.

Les Heures : Oh vous savez moi, j'ai pas le temps pour ces choses-là, j'ai rarement une minute à perdre en fait... C'est quoi que vous mangez ?

Zéphir : Des petits bonbons à la menthe, c'est pour l'haleine ! Vous en voulez ?

Les Heures : Faites voir ! Des tic tac ? Ah c'est marrant ça ! Tic tac, tic tac ! Il est huit heures, tic-tac, réveillez-vous, tic tac ! Il est dix heures tic tac que faites-vous tic tac il est onze heures tic tac c'est bientôt l'heure tic tac d'être midi...

Zéphir : tac-tic !

Les Heures : S'il vous plaît !

Chloris : C'est un tic...

Les Heures : Il est 13 heures, tic tac vive les heures tic tac il est 15 heures tic tac c'est le bonheur tic-tac, il est 16 heures tic tac déjà 20 heures tic tac bientôt minuit...

Zéphir : tac...

Chloris : Zéphir !

Zéphir : Oh ! Vénus s'est endormie !

Vénus : Je me sens si seule !

Zéphir : Quelle voix ! Je sens mon diaphragme qui se soulève !

Chloris : Eh ben on va le faire redescendre ! *Elle lui donne un coup de poing dans le ventre.*

Vénus : les jours et les nuits se ressemblent...

Les Heures : C'est mathématique ! Tic ! Tac !

Vénus : Même si les nuits semblent plus longues que les jours...

Les Heures : Ah ? Un défaut d'appréciation, je vois que ça...
Les Heures sort

Vénus : Ô mon Dieu !

Zéphir : Oui ?

Vénus : Qui saura me faire donner goût à la vie ?

Zéphir : Ô Chloris ! N'es-tu pas en peine face à cette âme esseulée ? Qui ne demande qu'une chose ! Un peu d'attention…

Chloris : Ouais, à d'autres ! Quand on se balade à poil par -15, soit on est un ours polaire, soit on est une nympho'....

Vénus : qu'est-ce qu'elle a la nymphe ?

Chloris : Elle a un problème la nympho ?

Vénus : moins que la nymphe, on dirait !

Chloris : C'est qu'elle parle la nympho maintenant !

Vénus : Ça lui en bouche un coin à la nymphe ! Et ça fait longtemps qu'il a pas été débouché !

Chloris : Tu te crois drôle la nympho ?

Vénus : Je suis pas une nympho !

Chloris : Je suis pas une nymphe !

Zéphir : euh si !

Chloris : Ta gueule !

Zéphir : c'est un fait objectif !

Chloris : T'en veux des faits objectifs ? T'as un fils, alors t'arrêtes de reluquer cette pouffiasse !

Vénus : Non mais j'ai bien entendu ? Pouffiasse toi-même !

Chloris : C'est bien beau de montrer son cul, mais c'est autre chose de les torcher !

Zéphir : S'il vous plaît, cette conversation est stérile !

Chloris : c'est bientôt toi qui seras stérile, quand je t'aurai broyé les bijoux divins !
Les Heures entre avec un taureau en laisse.

Les Heures : Bon ben ça y est, vous avez irrité les Dieux...

Zéphir : Roh ! Non ! ça me répugne à chaque fois...

Chloris : C'est de ta faute, t'avais qu'à pas m'énerver...
Vénus : qu'est-ce qui se passe ?

Les Heures : va falloir sacrifier la bestiole !

Zéphir : Rah ! Ça me dégoûte !

Vénus : le petit veau là ? Mais il est mignon tout plein ! Gouzi gouzi ! Il est gentil le taureau !
Boudouboudouboudou ! Donne la patte à maman ! C'est bien !

Les Heures : Honneur aux hommes !

Zéphir : Je supporte pas la vue du sang !

Chloris : Tous les mêmes Madame Les Heures ! Pour cogner sur sa femme, il y a du monde, mais pour découper un steak, y'a plus personne !

Vénus : Il vous frappe ?

Chloris : Regardez, là, dans le cou !

Zéphir : Non, mais arrêtez ! Elle est tombée dans la baignoire !

Chloris : T'as soufflé trop fort peut-être ? Monsieur Haleine Fraîche !

Les Heures : Il n'y a qu'une personne qui puisse trancher !

Chloris et Vénus : Foulque Macroule !
Entre Foulque Macroule

Foulque Macroule : Qu'est-ce que vous vous apprêtiez à faire ici ?

Vénus : Le méfait est déjà commis Monsieur Macroule ! Cet homme, tout dieu qu'il est, tape sur sa femme tous les soirs, regardez son cou !

Zéphir : Elle est tombée dans l'escalier !

Foulque Macroule : Une femme dévêtue, attentat à la pudeur ! Exécution d'un animal en public sans respecter les normes d'hygiène, circulaire B.12 H1N1, passible de la peine de mort, anachronisme du tic-tac qui ne sera inventé qu'en 1969, ça va vous coûter cher... Il est mignon le toutou ! Gouzi gouzi ! Il aime bien les caresses sur le ventre ! Ah oui oui oui ! Ah il est content !

Vénus : Il s'appelle Bobby !

Foulque Macroule : Et vous ?

Vénus : Bobby ! Euh Vénus !

Zéphir, *qui met la main sur l'épaule de Chloris :* Bon aller chérie, on rentre !

Chloris : il a essayé de me frapper ! Vous avez vu, il a essayé de me frapper !

Vénus : ordure !

Zéphir : Mais enfin ! Elle est tombée du trottoir !

Foulque Macroule : Laissez Bobby ! Monsieur Zéphir, que faisiez-vous dans la zeconde qui a prézédé le crime ?

Zéphir : Mais ze faisais rien !
Pendant l'altercation entre les deux personnages, Les Heures appelle le taureau dans un coin de la scène, « aller viens mon toutou, gentil toutou » etc. puis le tue violemment, effusion de sang.

Foulque Macroule : Vous zozotez Zéphir ! C'est un signe !

Zéphir : Absolument pas ! Vous susurrez des immondices sans savoir si je suis suspect, c'est sûr que je suis innocent !

Foulque Macroule : il a un alibi béton !

Chloris : Ne l'écoutez pas ! Il pue la répartie en priant pour qu'on s'apitoie, mais il paiera pour ses pêchés ! Sur la pipe de papa !

Foulque Macroule : Hein ?

Chloris : Il pipote !

Foulque Macroule : Ah !

Vénus : Il craint qu'elle crie et croit qu'on le croit, mais croyez-moi ! Cette crotte de crapaud va crever Chloris !

Chloris, Foulque Macroule et Zéphir : Bravo !

Vénus : Merci !

Les Heures : C'est bon ! On peut passer à table ! Cri d'effroi des 4 autres. Oh ! Mais vous inquiétez pas, elle est conditionnée ! *Elle sort des barquettes de saucisse et autres du ventre du taureau.*Vous voulez quoi ?

Vénus*, s'emparant d'une barquette* : Bobby ! Gouzi gouzi ! Donne la patte ! *Elle utilise les saucisses comme des pattes et tente de le faire marcher.*

Foulque Macroule : Mais mademoiselle Vénus !

Zéphir : Ne dites rien, Foulque Macroule ! Elle est sous le choc de l'émotion, ça pourrait lui être fatal !

Chloris : Il a clamsé ton Bobby !

Vénus : Ah ! Je me sens dépérir ! Je jure devant Zeus que je me donnerai toute entière, là maintenant, à la première personne qui saura lui redonner la vie !
Zéphir et Foulque Macroule accourent et récupèrent des saucisses, reconstituant tant bien que mal des taureaux…

Zéphir : Meuh ! Meuh !

Foulque Macroule, *voix de taureau* : Meuh Vénus, c'est moi Bobby ! Je vais bien ! Tiens ma patte !

Zéphir : Non, c'est moi Bobby ! Meuh ! Meuh !

Vénus : Bobby ?

Foulque Macroule : Dégage !

Zéphir : Imposteur !
Bataille de pattes de saucisses.

Les Heures : Prosternez-vous ! Vous avez courroucé les Dieux ! On ne vous a pas appris à ne pas jouer avec la nourriture ! Je suis allé à Delphes et j'ai consulté l'oracle !

Chloris : Quand ça ?

Les Heures : Tout de suite ! C'est moi Les Heures, je fais ce que je veux. A genoux devant la bête sacrifiée. Il est dit que votre vie ne sera que tourment, carnivores que vous êtes, amants de la chair vous périrez de désir et du ténia !

Tous : Nous implorons les Dieux ! Nous serons chastes et végétariens ! Nous cultiverons du quinoa et raserons toutes les forêts du Plat !

Les Heures : du globe !

Tous : du Plat ! Nous ne savons pas encore que la terre est ronde !

Zéphir : C'est la faute à Vénus ! C'est elle qui a immiscé le désir dans nos coeurs !

Chloris : C'est à cause d'elle que je suis tombée dans la baignoire !

Foulque Macroule : et que je porte un nom d'oiseau !
Tous : Brûlons-la !
Le taureau se lève

Taureau : Non ! Je suis l'esprit du taureau ! Vous l'accusez d'être le désir, mais c'est vous qui projetez votre désir sur elle ! Mais votre désir changera quand les canons décréteront qu'il faut avoir des gros seins pour être belle !

Vénus : Oui, enfin ça va quand même !

Taureau : Vous passez votre temps à reprocher aux autres ce que vous êtes vous-mêmes : violents, égoïstes et cons ! Vous ne doutez de rien et pensez que tout vous appartient ! Le sol, les hommes, la vie ! Mais nous, les animaux, nous étions là avant vous, et quand vous aurez péri de votre connerie, nous continuerons d'être là, alors fuyez ! Et allez cultiver des plantes, espèces de sanguinaires de mes cornes ! *Tous sortent en courant.* Vénus ! Reste ici !

Vénus : Oui Bobby ?

Taureau : Ça t'embêterait de me grattouiller le ventre ? J'aime bien, ça me fait des frissons !

Vénus : Sacré Bobby ! On peut aller dans ma coquille si tu veux, on sera plus tranquilles !

Taureau : Hmm. J'ai toujours rêvé de me réincarner en mollusque.

Scène 2

La conteuse : Les années passaient. Les relations avec sa tante allaient de mal en pis. Par sadisme, ou seulement parce qu'il faut bien qu'il y ait des méchants dans les histoires et que l'auteur semble manifestement avoir un goût prononcé pour la provocation, voire l'anticléricalisme primaire, Celle-ci décida que puisque sa nièce était absolument asociale et qu'on n'en tirerait rien, il faudrait, tôt ou tard, ou même avant, l'envoyer au couvent. Elle décréta donc que Paola vivrait enfermée dans sa chambre et apprendrait la bible par coeur.

La tante : Paola ! As-tu récité tes cent cinquante Je vous salue Marie ?

Paola : Oui, ma tante !

La tante : Bien ! Recommence ! Et à voix haute, que je t'entende !
Elle sort

Paola : Je vous salue Marie plein de grâce !

La tante : Moins fort ! Tu n'es pas toute seule !

Paola : Je vous salis ma rue…

La tante : C'est mieux !

Paola : Je vous salis ma rue pleine de crasse et le seigneur blablabla. blablabla blablabla. Vous êtes bénie, il est béni, nous sommes bénis, bénissons-en une bonne fois pour toutes ! Maintenant et à l'heure de sa mort !

Entre la cousine

Cousine : Je t'ai entendue ! Je vais tout répéter.

Paola : Tu as entendu quoi ?

Cousine : Tu souhaites sa mort !

Paola : Elle souhaite la mienne !

Cousine : C'est pas vrai. Elle te préfère à moi !
Paola : Ahaha ! J'en ai de la chance !

Cousine : Oui ! parce que t'as son attention, toi.

Paola : J'aimerais bien l'avoir un peu moins !

Cousine : Rend-moi ma mère !
Apparaît l'oncle ivre, inquiétant

Oncle : Bonsoir mesdemoiselles ! Alors, on prie ! C'est bien, c'est mignon à c't'âge-là !

Paola : J'ai fini.

Oncle : Ah ! on va pouvoir jouer alors !
Entre le grand-père

Grand-Père : Bonsoir ! Paola, regarde ! J'ai une lettre pour toi ! De ton père !

Oncle : Bon, je vous laisse à votre lecture !
Il sort

Paola : Il va bien ?

Grand-Père : Tu me diras ! Tu sais... On va, on vient, comme le petit foulque macroule ! cui cui cui ! Bah moi Je vais plus faire cui cui très longtemps ! Cui cui cui ! cui cui cui ! cui cui !
Entre la tante
Oups ! Voilà le braconnier !

Tante : Grand-Père ! Mais il est fou ! Repos et médicaments ! Je te l'ai déjà dit !
Tous deux sortent, le grand-père continue de faire cui cui.

Cousine : Je peux la lire avec toi ?

Paola : Ma lettre ?

Cousine : Ton père, c'est un héros ! ça me changera du mien...

Paola : Si tu veux...

La lumière se fait sur le père, seul en scène.

Père : Mon ange,
Il n'y a pas un jour où je ne pense à toi. La semaine dernière, je me voyais croquer tes joues roses, mon regard se posait sur ta belle chevelure dorée. Tes grands yeux mélancoliques, trop mélancoliques pour ton âge, brillaient à mon retour. Ils me rappelaient ceux de ta mère.
Malheureusement, la patrie en a décidé autrement. La patrie ? Tu chercheras le mot dans le dictionnaire, et tu m'en donneras le sens quand je reviendrai. Je crois que j'ai oublié ce que ça voulait dire. Je suis dans un pays qui est la patrie d'hommes et de femmes, et de grands enfants comme toi. Et je suis ici, et je ne sais pas si le camp pour lequel je me bats est le juste. Ce pays a dû être magnifique autrefois. Il n'est plus que ruines et poussière. Mais parfois, mon esprit divague et je nous vois, tous les trois, courant sur cette plage de sable blanc. Blanc de poussière. Les corps qui reposent ici ne bronzent pas. Il y a peut-être, là gisant, un père qui a eu cette même pensée avant d'aller voir ailleurs. A cause de moi, à cause de la patrie. Je ne sais plus.
Fais moi un plaisir Paola. Lis, et lis beaucoup. Il y a un homme qui a dit un jour : L'éducation, c'est la liberté. Il avait raison. Les livres sont une

arme. Une arme de paix contre la violence et l'oppression. Ecris, écris énormément. Tes pensées, tes poèmes, tes rancunes et tes joies. Le dicton dit qu'il n'y a pas d'amour, il n'y a que des preuves d'amour, c'est pareil pour la liberté. Il n'y a pas de liberté, il n'y a que des preuves de liberté. Et la liberté, c'est l'expression.

Moi je fais partie de ceux qui tentent de la museler. De l'imposer. Quand je reviendrai, j'aurai une médaille pour ça. Une médaille de la patrie. Je crois que c'est ça, la patrie. Un distributeur de médailles. Tout s'embrouille dans ma tête. Heureusement qu'il y a tes petites joues roses. Ton père qui t'aime.

Tableau 2 "l'excision de la pierre de folie" Jérôme Bosch. 1480

Lubbert Das :
Quel est ce mal dont je souffre ô mon dieu tout puissant ?
Suis-je fou, suis-je vieux, quel est donc ce tourment
qui ruine ma santé, ma bourse, mes enfants,
Je suis empli de mots que je disperse au vent…

Le prêtre : Taisez-vous, enfin ! On ne vous comprend pas ! Il a un grain, quand même !

Le chirurgien : *lithostemno* ! Une pierre plus exactement ! La folie est un petit caillou qui vient se nicher au niveau du cerveau, là, si vous voulez regarder… non ? Il suffit d'une légère excision, assez précise, pas trop profonde comme le stipule Gallien, dans *De curandi ratione per venae sectionem...* on ôte le caillou, et le patient recouvre ses esprits !

Le prêtre : Il pourrait y rester ?

Le chirurgien : Notre Seigneur en décidera… *Alea jacta est* ! Monsieur Düsse, vous disiez bien avoir, là dans votre bourse, de quoi payer l'opération n'est-ce pas ?

Le prêtre : Lubbert Das, pas Düsse… Oh je peux vous assurer qu'il a de quoi payer, un des gentilhommes les plus riches du bourg, regardez sa mine… enfin… mais un piètre donateur concernant la maison de Dieu, ce qui est bien regrettable quand on voit… *il regarde sa bouteille...* l'état d'insuffisance de nos ressources !

Le Chirurgien : Il est vrai que l'état de monopole de l'Eglise, sur l'ensemble des richesses du territoire, vous met dans une situation bien délicate !

Le prêtre : Ah si vous saviez mon fils ! C'est bien pour cela que je viens assister à la guérison de Monsieur Das, voir s'il sera plus généreux une fois la lumière du Seigneur retrouvée !

Le Chirurgien : Bien, nous allons procéder ! *Il commence l'excision.*

Lubbert Das, *cri perçant :* Aïe !

Le prêtre : Il souffre là !

Le chirurgien : Je ne l'ai même pas touché !

Le prêtre : ça saigne !

Le chirurgien : un peu au début... *Il enfonce un peu plus.*

Lubbert Das, *cri perçant :* Aïe !

Le prêtre : Je vous en prie, pour l'amour de Dieu, C'est insoutenable !

Le chirurgien : On pourrait bien l'anesthésier !

Le prêtre : Mais faites !

Le chirurgien : Je n'ai plus de décoction...C'est du vin que vous avez là ?
Le prêtre : Le sang du Christ !

Le chirurgien : Donnez-lui en un peu, s'il perd le sien, ça fera vases communicants !

Le prêtre : Vous voulez gâcher la sainte boisson ? *le chirurgien poursuit l'excision.*

Lubbert Das, *cri perçant :* Aïe !

Le prêtre : C'est bon, c'est bon... buvez mon fils !

Le chirurgien : Donnez m'en un peu aussi pendant qu'on y est !

Le prêtre : Pourquoi ça ? *le chirurgien approche la lame du crâne du patient.* C'est bon, c'est bon... buvez ! On s'étonne que les ressources de l'Eglise diminuent après...

Lubbert Das, *éméché :* Une chaleur soudaine en moi s'est introduite
elle inonde mon coeur et mon âme en profite
que serai-je demain, qui me dira la suite ?
qui me tiendra la main dans cette fin maudite ?

Le prêtre : Il recommence !

Le chirurgien : Ce sont des alexandrins.

Le prêtre : C'est grave ?

Le chirurgien : J'aime mieux l'octosyllabe.

Le prêtre : C'est une tragédie.

Le chirurgien : Ça en a la forme, mais rien ne dit qu'il ne joue pas la comédie.

Le prêtre : Comment savoir ? Vous en pensez quoi, vous ?

La nonne : Moi ?

Le prêtre : Oui !

La nonne : De quoi ?

Le prêtre : de Lubbert Das !

La nonne : bah, il lit des liv' !

Le prêtre : Quel genre ?

La nonne : Bah des liv' avè des feuilles !

Le prêtre : non mais des livres saints, des romans de chevalerie ?

La nonne : Il lit pas la bib', ça c'est sûr !

Le chirurgien : La quoi ?

La nonne : La bib' ! Il est sourd lui !

Le chirurgien : Non mais articulez aussi ! et les liv' ça s'met pas su' la tête !

La nonne : c'cause du soleil, 'a pas d'chapeau. Et veux pas m'fai exciser l'tête moi

Le chirurgien : Vous inquiétez pas, c'est pas un caillou que vous avez, vous, c'est un rocher !

La nonne : T'crois drôle ? Sais bien qu't'essaies de'l'piquer l'bourse al Das !

Le prêtre : Voyons ma soeur, Monsieur essaie de soigner ce gentilhomme de l'alexandrin !

La nonne : Ouais, à d'aut' ! Vous aussi mon père z'attendez qu'une chose c'est qu'il passe l'a'me à gauche pou'le soutirer s'bourse, c'pas catholique !

Le prêtre : Vous blasphémez ma soeur !

La nonne : qu'il aille s'faire cruc'fier chez l'grec l'jésus !

Le prêtre : Pardon ?

La nonne : J'sais très bien qu'est-ce-que j'dis ! L'achète dé liv' l'Das, beaucoup d'liv', 'dilapide sa fortune, c'pour ça que vous v'lez l'saigner et récupérer son argent, sous prétexte que c'pas l'bib ou l'octosyllabe de môssieur, il est fou ! il dit des tucs tout beaux l'Das il m'dit des pouèmes, c'est un pouète ! Chui sa muse qui m'dit ! C'est pu' beau qu'l'évangile !

Le prêtre : Cessez de blasphémer !

La nonne : Dites-leur les belles choses que vous m'dites ! C'est moi l'muse !

Lubbert Das : Oh...

Mon bel ange divin tu déploieras tes ailes
quand je reviendrai las, fatigué des humains,
nos âmes apaisées ne formeront plus qu'un
vers les cieux plus cléments, nous fuirons les mortels

Aimer la poésie ne sera plus querelle
A rimer douze pieds on ne craindra plus rien
Les jaloux, cupides, religieux et vilains,
seront traités de fous et toi tu seras celle

qui portera ma croix, allégeant mon calvaire,
On pointera du doigt de Marie les ovaires
qui ont créé les guerres en voulant convertir
ceux-là qui mesuraient avec d'autres mesures
Ceux-ci qui souri-aient avec d'autres sourires
Ceux qui dénaturaient, tous les contre-natures.

La nonne : C'beau, hein !

Le prêtre : Il est sonné !

Le chirurgien : C'est un sonnet !

Le prêtre : Nous sommes d'accord !

Le chirurgien : Bon ! Finissons-le !

Le prêtre : Pardon ?

Le chirurgien : Finissons-en, enfin... c'est bientôt fini !

La nonne : Mon Das ! *Il va pour exciser le crâne franchement, tandis que la nonne lui flanque un coup de livre sur la tête, la lame se plante brutalement dans le crâne de Lubbert Das*

Lubbert Das : Argh !
Il semble frappé net par la mort. Le prêtre se signe.

La nonne : L'a tué mon Das !

Le chirurgien, *sonné :* Z'avez failli m'fend' l'crâne !... *silence…* Qu'est-ce m'arrive, peux p'u parler !?

La nonne : B'en fait !

Le prêtre : Qu'est-ce qu'il vous arrive mon fils ?

Le chirurgien : Ben sais pas, m'a tapé su' l'tête avè le liv' plein d'feuilles, et 'peux pu parler !

Le prêtre : Mais quel est le pouvoir magique de ce livre ? *La nonne l'assomme avec le livre à son tour.* Aïe ! *un temps* Mai z'êtes folle m'fille qu'est-ce vous prend ? *silence.* Peux p'u parler non p'u !

Le chirurgien : C'est l'faute au liv' ! *Il l'arrache des mains de la nonne et leur en flanque un coup. Durant les échanges suivants, chacun des personnages s'arrache le livre des mains à tour de rôle pour en mettre un coup sur la tête des autres.*

La nonne : Z'êtes puni pa'le bon dieu ! aïe !

Le prêtre : Pas d'blasphème l'vieille ! Aïe

La nonne : c'est toi l'vieux ! tu sens l'cadav' ! aïe !

Le prêtre : c'est toi qu'sent l'charogne, tu t'frottes trop au Das !

La nonne : Et toi aux enfants, pédo' aïe !
Pendant ce temps, le chirurgien tente de subtiliser la bourse de Lubbert Das

Le prêtre : Au voleur !
coup sur la tête du chirurgien. Même rengaine des coups sur la tête mais cette fois-ci chacun des personnages s'empare de la bourse à tour de rôle.
L'argent pou' l'toiture d'l'église ! Aïe !

La nonne : C'l'argent de l'veuve du défunt ! aïe !

Le prêtre : z'avez couché avè l'Das ! punition forfaitaire ! aïe !

Le chirurgien : C' pou' l'opération ! faut payer l'docteu' ! Aïe !

La nonne : L'avez tué ! C'pas une opération !

Le chirurgien, *qui sort un caillou de sa poche* Lui ai ôté l'caillou du crâne ! L'est p'u fou !

La nonne : Non l'est mort !

Le prêtre : Lâche-ça !

Le chirurgien : Fiantes !

La nonne : Pisse-culs !

Le chirurgien : sous-êtres !

Le prêtre : raclures !

La nonne : Suces-verges !

Le prêtre : balais turcs !

Le chirurgien : Cornes au pied !
Les trois tirent sur la bourse jusqu'à tomber d'épuisement.

Lubbert Das : Ah ! J'ai fait un rêve ! Oui ! Ecoutez-moi tous ! *Il tousse.* J'ai fait un rêve ! Le rêve ! J'étais un mot entouré par plein d'autres, j'étais le mot... *il lutte pour trouver et l'extirpe péniblement...* couleur... Ah ! J'avais des "la" et des "une" qui me traquaient, j'avais des "les" qui me gonflaient.... Je criais fort ! Laissez-moi ! Je veux être moi ! Sortir du livre, vivre en dehors de la page... Je profitais d'un moment d'inattention, pour me glisser entre les mots... à plat... J'arrivais en bas de page, épuisé, j'étais au numéro 22. Je demandai ma route à un trait d'union, il me répondit qu'on racontait qu'il y avait encore 436 numéros à parcourir pour arriver à la fin.... J'y arriverai. Courage. Merci.
Je rencontrai d'autres couleurs en 36, 47, 52 et 72, tous pensaient qu'ils vivaient seuls... Non nous ne sommes pas seuls, nous sommes une famille ! Le 72 décida même de me suivre. Exténués en 235, le pied de page numéro 2 nous révéla que nous étions des millions partout ailleurs et miraculeusement nous téléporta au lexique de fin en 472. Nous avions dépassé l'histoire, mais nous étions maintenant entourés de savants qui déblatéraient sur le devenir de l'homme et des sciences. Je m'adressai timidement à l'un d'entre eux. Je suis couleur 22 et lui c'est couleur 72. Nous voulons sortir du livre. Pour quoi faire ? Me demanda-t-il. Pour être libre ! A quoi cela te servira-t-il d'être seul

dans les limbes stratosphériques et gazeuses, sans rien à définir, sans lien à créer ? Tu n'es rien sans les autres mots ! Je veux ne rien être ! Voilà ! Un mot abstrait, sans contrainte. Tu as de la chance me répondit-il, toi tu rêves d'abstrait, mais pense à jaune, bleu et vert, eux ils sont limités... Heureux les simples d'esprit ! dis-je avec une pointe de mépris. (*Il prend le livre.*) Bien, si tu sors du livre me dit-il, le rêve s'arrêtera, tu seras libre, mais nous mourrons tous. Est-ce cela que tu veux ? Je répondis que oui.

Il s'effondre et meurt net, le livre finit par terre grand ouvert. Les trois personnages s'approchent du livre, interloqués. Grand puits de lumière, ambiance surréaliste.

Le chirurgien : Il est un fait que la science a permis à l'homme de mieux comprendre l'univers qui l'entourait et de mieux se définir lui-même en tant que vivant mammifère et bipède et sa frénésie scientifique le pousse à reculer la mort, mais il est une question qui reste à élucider, quelle est la raison de sa vie ?

Le prêtre : On a souvent posé Dieu comme réponse à tout, et l'écriture, témoin d'une mémoire, aussi fallacieuse soit-elle, a enfermé l'homme dans un état de soumission religieuse, contraignante, mais rassurante au demeurant, c'était d'"ailleurs bien légitime, la conscience dont il disposait, ne trouvait pas d'égal dans la nature, il fallut donc que l'immatériel se matérialisât.

La nonne : Je vous remercie d'employer le mot "homme" et non humain, car de tous temps, on a divisé l'humanité en deux, et à nous autres, femmes, on nous a nié les droits dont disposaient les hommes.

Le chirurgien : En légitimant cette différence par des capacités physiques inégales.

Le prêtre : Ce qui est tout à fait absurde puisqu'on parle de conscience.

La nonne : Et paradoxal. Puisque la femme ne s'adonnait pas à la chasse et s'occupait des enfants à la maison, elle avait tout temps de réfléchir aux lois qui devaient régir la société...

Le prêtre : Que voulez-vous ? Quand les hommes ne s'entre-tuent pas pour un bout de terre, ils sont décimés par la famine ou par la maladie.

Le chirurgien : Vous verrez qu'un jour, on parviendra à toutes les soigner, et on sera contraints d'en créer d'autres pour contrôler la démographie !

La nonne : Et nous restons là, à discuter du cynisme des hommes, n'est-ce pas là le comble du cynisme ?

Le prêtre : Le comble du cynisme ? Vous voulez savoir ce que c'est ? C'est de regarder les autres se donner en spectacle !

Le chirurgien : Tout à fait !

La nonne : C'est certain !
Entrent Foulque Macroule et Les Heures

Foulque Macroule
C'est donc ici qu'a eu lieu le crime ! Quelle heure était-il exactement ?

Les Heures : Oui à peu près.

Foulque Macroule : J'en étais sûr !

Les Heures : Il vous reste de ces excellentes racines de bardane ?

Foulque Macroule : Malheureusement non. Ah ! Je vendrais mes enfants pour un steak. Vous voulez témoigner ?

Lubbert Das : Dans mon état, ça va être difficile !

Foulque Macroule : Vous étiez aux premières loges, non ?

Lubbert Das : Certes…

Foulque Macroule : Alors ?

Lubbert Das : J'ai peur de ne pouvoir parler.

Foulque Macroule : Personne ne vous écoute.

Lubbert Das : Le chirurgien m'a planté sa lame dans le crâne, j'ai succombé.

Foulque Macroule : Acte de vengeance, vous aviez couché avec sa femme ? Salopard ! Répond ! T'as violé ses enfants ? Ordure !

Lubbert Das : Non, je parlais en alexandrins.

Foulque Macroule : Ah l'enfoiré ! *à Les Heures* C'est quoi, ça se mange ?

Les Heures : Non, c'est un vers de douze pieds.

Foulque Macroule : Une limace avec des jambes, douze pieds, cent vingt orteils ! Tu crois que je vais gober ça Lubbert Das ? T'as cru que je sortais de la garderie et que je lisais Picsou Magazine ?

Lubbert Das : Picsou quoi ?

Foulque Macroule : Ah ça y est, on ne se rappelle plus de rien, on noie le poisson ! Un poisson avec des chaussures j'imagine ! Salopard !

Le chirurgien : Ne l'importunez pas, il ne peut plus faire de mal.

Le prêtre : Il a payé sa dette ! Ah triste monde !

Foulque Macroule : C'est vous la victime ?

Le chirurgien : Victime, coupable, un jour on souffre, un jour on fait du mal !

La nonne : Et les femmes en pâtissent !

Le prêtre : C'est vrai... C'est vrai...

La nonne : Vous pâtissez, vous !?

Les Heures : Non, non, je ne tisse pas. Je n'ai pas le temps.

La nonne : Vous êtes moderne !

Les Heures, *pointe de coquetterie :* Intemporelle !

Foulque Macroule : Je vais procéder à l'arrestation ! *il regarde la bourse.* Pour les frais de dossier, le déplacement, la plus-value sur les proratas et l'indexation sur l'inflation... ça vous fera cinquante écus !

Le prêtre : Nous n'en avons que trente.

Foulque Macroule : Payable en deux mensualités.
Le vent se lève

Le chirurgien : Qu'est-ce qu'il se passe ? On dirait une tempête !

Les Heures : Zéphir ?
Entre Zéphir, bougon et soufflant

Zéphir : Marre ! Marre ! Marre ! *Tous restent interdits.* Mais c'est vrai quoi ! J'étais là, tranquille, à faire la bise, la brise… bri-seuh…. dans la nuque d'une gentille demoiselle, le jeune berger, perdu dans ses yeux, amoureux transi, les trois au bord de la rivière, ambiance bucolique, impeccable ! Le cadre parfait ! Eh ben, non ! Elle débarque ! Qu'est-ce que tu fais ? Pourquoi tu lui souffles dans le cou ? Je demande le divorce ! J'emmène le petit avec moi !
Il fond en larmes. Le vent va tourner un jour, je vous le dis !

La nonne : Vous devriez lire des livres, ça détend !
Entrent Vénus, Chloris et le Taureau, façon révolutionnaires.

Chloris*, à Zéphir :* Je vais te broyer les couilles !

Vénus : Euh ! Pas d'attaque personnelle !

Chloris : Je vais tous vous les broyer !

Taureau : Révolte non violente, on s'était mis d'accord !

Le prêtre : Apaisez-vous mes enfants ! Pour l'amour du ciel ! Nous venons de régler le différend avec Monsieur Das en la présence de ce cher…

Foulque Macroule : Croule… Foulque Macroule !

Vénus : Vous vous méprenez ! Nous ne venons pas pour des querelles de voisinage, mais car un vent de liberté souffle sur la plaine, silencieuse et révoltée, les bourgeons du renouveau révolutionnaire éclosent peu à peu dans les esprits, tels des grains de maïs sous un soleil de plomb, durs comme du fer, plus nombreux que les grains de sable qui peuplent les déserts arides de la soumission, et les mirages du passé sont maintenant des oasis où nous partageons l'eau équitablement et nos griefs, ces petits écureuils qui autrefois vomissaient leurs noisettes comme des étoiles d'amertume dans une constellation de tourment vous pointent du doigt et crient...

Taureau, Vénus et Chloris : Révolution !

Le chirurgien : Mais qu'est-ce qu'on a à voir là-dedans, nous ?

Vénus : Là dedans ?

Taureau : Là dedans !

Chloris : Là dedans !

Vénus : La liste est longue !

Taureau : On en a des choses à dire !

Vénus : Oui ! oui ! oui !

Chloris : Je vais lui broyer les couilles !

Taureau : On est très remontés !

Vénus : Oui ! oui ! oui !

Chloris : avec une broyeuse à couilles !

Le prêtre : Eh bien, exposez vos griefs !

Vénus : Oui ! oui ! oui !

Les Heures : C'est long !

Taureau : Les bourgeois ! *(réponse des femmes : ah ! ah !)* L'Eglise ! *(ah ! ah !)* Les profiteurs ! *(ah ! ah !)* Chloris... la liste !

Chloris : ah ! ah ! La liste... La liste ! La liste... Je l'ai oubliée. *Silence.*

Les trois : On reviendra ! *Ils sortent*
Les autres personnages entourent Lubbert Das, menaçants

Foulque Macroule, *pierre à la main :* Sous les pavés…

Scène 3

La conteuse : La patrie fut sauvée. Mais pas les jambes du père de Paola. Il revint mutilé, de son corps et de sa foi en l'homme, enfin en lui-même, ce qui est la même chose. Le Grand-Père s'était envolé tel un oiseau vers les cieux silencieux, sa cousine était partie faire des études, c'était une bouche en moins à nourrir. Sa tante était là, à veiller sur ses hommes. Paola n'avait pas trouvé la porte du couvent. Trop revêche, trop rebelle. Elle rendait des services à gauche, à droite, faisait des ménages, et secondait sa tante au foyer. Celle-ci s'était prise d'affection pour Paola, en laquelle elle se retrouvait malgré elle, orpheline de sa propre mère bien des années plus tôt. Lassée de ses deux pantouflards aigris et alcooliques, elle développait avec sa nièce une sorte de féminisme de circonstance, et elle appréciait le verbe franc de cette fille de substitution.
Scène de repas, radio de fond le père et l'oncle.

Le père : Paola ! Paola !

Voix de Paola : Oui !

Le père : On attend ! C'est incroyable, ça !

Voix de Paola : J'arrive !

Le père : Tu ne fais que ça d'arriver ! Si je pouvais me déplacer, je ferais tout dans cette maison ! Mais évidemment, comme on laisse la tâche à des personnes qui "arrivent" mais n'arrivent jamais, on n'arrive à rien !

Oncle : Moi je pourrais bien aider, mais avec ma sciatique, tu comprends !

Le père : Toi tu arrives à lever le coude, mais pas le petit doigt. C'est le propre des bras cassés.

Oncle : Je suis déjà bien gentil de te laisser m'insulter sous mon toit.

Le père : Ce qui t'intéresse, c'est ma pension. Ça me donne le droit de t'insulter.

Oncle : Tétais franchement plus aimable avec tes jambes.
Entre Paola

Paola : Le repas de ces messieurs ! Pour les plaintes, s'adresser directement au chef en cuisine.

Oncle : tu es ravissante Paola !

Paola : Regarde ton assiette Jacques.

Le père : Paola, sur un autre ton.

Paola, *mielleuse* : Regarde ton assiette Jacques !

Oncle : Si tu étais ma fille, il y a longtemps que...

Le père : N'y pense même pas !

Oncle : Bien sûr que non ! Je dis juste...

Le père : Ne dis rien. Ecoute la radio.
radio "drame au large des côtes méditerranéennes, deux cents migrants qui essayaient de rejoindre le vieux continent, retrouvés morts"

Le père : Voilà, voilà ! On les sauve chez eux, on se prend une bombe dans les jambes, résultat ! Ils viennent ici !

Oncle : Et ils nous volent notre travail !

Paola : Faudrait déjà que t'ailles travailler Jacques, pour qu'on te le vole ton travail !

Oncle : Ma sciatique m'en empêche.

Paola : Elle t'empêche pas de détaler comme un lapin quand je te surprends à me mater.

Le père : Paola ! J'entends pas la radio ! Non mais qu'est-ce qu'ils pensent trouver ici ? Le pays des merveilles ?

Paola : Ils fuient peut-être juste l'horreur que certains gouvernements et militaires d'ici ont favorisée.

Le père : L'horreur, c'est de ne plus avoir de jambes Paola ! Tu comprends, ça !? Le jour où une dictature s'installe en bas de chez moi, je ne fuis pas le pays, je sors avec ma carabine et je chasse le dictateur à coup de balles dans le cul.

Paola : L'horreur, c'est de ne plus avoir de cœur. Tu te casseras la gueule dans les escaliers et il faudra que je vienne te relever une énième fois.

Le père : Et ça te gêne d'aider ton vieux père, c'est ça !? J'ai risqué ma vie pour toi.

Paola : Non, tu as juste risqué ta vie. Tu as fui toi aussi. J'ai grandi toute seule.

Le père : Ce n'est pas de ma faute si ta mère…

Paola : Non, ce n'est pas de ta faute. Mais je ne méritais pas de grandir ici avec un pervers alcoolique et une vieille sadique.

Oncle : C'est de moi qu'elle parle ?
Entre la tante

La tante : Oui Jacques, c'est de toi qu'elle parle ! Et de moi ! Mais tu as raison Paola, tu n'avais pas mérité ça. D'ailleurs personne ne mérite la vie qu'il a. On la choisit rarement sa vie, d'ailleurs. On fait avec. On est l'acteur principal d'un film déjà écrit. J'avais le rôle de la vieille sadique, je l'ai joué jusqu'au bout.

Paola : Rien n'est écrit ! Je choisirai ma vie !

Tableau 3 Le radeau de la méduse

8 personnages.
Rescapé 1 : agite sa chemise, rescapé 2 : pointe du doigt le rescapé 1, rescapé 3 : assis et pensif leur tourne le dos, rescapés 4, 5, 6 gisant, rescapés 7, 8 bras tendus vers rescapé 1

Rescapé 1 : Terre en vue !

Rescapé 2 : Terre en vue mes frères !

Rescapé 7 : Est-elle loin ?

Rescapé 8 : Vous êtes sûr que c'est la terre ?

Rescapé 2 : Es-tu sûr ?

Rescapé 1 : Oui ! Je crois ! Je vois des collines ! Je crois deviner des arbres !

Rescapé 7 : des pommiers ?

Rescapé 8 : des figuiers ?

Rescapé 2 : Vois-tu des vaches, vois-tu des hommes ?

Rescapé 1 : Je pourrais jurer qu'il y a tout ça oui !

Rescapé 4 : J'ai soif !

Rescapé 5, 6 râlent.

Rescapé 2 : Courage mes frères !

Rescapé 3 : Il n'y a rien.

Rescapé 2 : Que dis-tu frère ?

Rescapé 3 : Je dis qu'il n'y a rien.

Rescapé 7 : Comment le sais-tu ?

Rescapé 8 : Oui, comment le sais-tu ?

Rescapé 3 : Nul besoin de savoir.

Rescapé 1 : Je vois… de la fumée ! Il y a sans doute une cheminée…

Rescapé 7 : Un rôti cuit doucement dans son jus.

Rescapé 8 : Le chien qui dormait paisiblement à côté du feu a son museau qui se redresse...

Rescapé 7 : Les enfants jouent et leur mère leur dépose amoureusement une couverture sur les épaules pour ne pas qu'ils aient froid.

Rescapé 5 : Je meurs…

Rescapé 2 : Tiens bon mon frère ! Donnez lui un peu à boire de votre gourde.

Rescapé 7 : Nous n'avons presque plus d'eau !

Rescapé 8 : Cela ne servirait à rien.

Rescapé 3 : Laissez-le mourir.

Rescapé 8 : Oui !

Rescapé 7 : Jetons-le à la mer !

Rescapé 3 : non.

Rescapé 8 : Pourquoi ?

Rescapé 2 : Ne soyez pas inhumains mes frères ! Donnez-lui à boire ! *(7 et 8 font semblant de s'exécuter)*

Rescapé 1 : Ce n'est pas une terre, c'est un continent !

Rescapé 3 : tu ne vois rien.

Rescapé 2 : Mais que vois-tu, toi ?

Rescapé 3 : Je ne vois rien non plus.

Rescapé 7 : Mais pourquoi es-tu là avec nous, si tu n'as pas d'espoir ?

Rescapé 8 : Vrai, rien ne t'empêchait de te laisser mourir avec les autres !

Rescapé 3 : Nous sommes condamnés à vivre.

silence

Rescapé 6 : *cri perçant,* Hélène !

Rescapé 2 : Il recommence !

Rescapé 7 : Faites-le taire !

Rescapé 8 : Crois-tu qu'elle t'entende d'où elle est ?

Rescapé 6 : Hélène !

Rescapé 2 : Le pauvre homme !

Rescapé 7 : un poids de plus, oui !

Rescapé 2 : Qui est cette Hélène ?

Rescapé 8 : Qui sait ! Qui est Hélène ! Répond !

Rescapé 3 : Sa nostalgie. Son remord.

Rescapé 1 : Je la vois !

Rescapé 2 : C'est vrai ? Comment est-elle ?

Rescapé 1 : Sa longue chevelure brune qui vole... ses seins... Ses jambes... Elle court...

Rescapé 2 : Elle court sur la plage ?

Rescapé 1 : Oui ! Je vois qu'elle m'attend ! Qu'elle nous attend, inquiète ! Ne pleure pas tendre Hélène, nous arrivons ! Et mes baisers sur tes lèvres...

Rescapé 6, *cri perçant* : Ma fille !

Rescapé 3 : Parle.

Rescapé 6 : Elle m'a dit : ne t'en va pas. Tout est à construire ici. Tu vas nous perdre et tu ne vas rien gagner là-bas. Que trouveras-tu dans la solitude de ton El Dorado ? Ici, nous n'avons rien, mais nous nous avons, nous ! Que nous importent leurs conquêtes éphémères, leurs téléphones qui ne communiquent pas, que nous importent leurs quinze marques de yaourt quand nous avons du lait à boire, que nous importent leurs voitures-bolides qui mènent à la mort et au désespoir ? Que nous importent leurs parents qui travaillent du soir au matin, absents de leur maison, que nous importent leurs enfants qui ne savent plus rêver, étouffés dans leurs loisirs. Que nous importent leurs écoles ? Nous y apprendrons le sens du mot égalité, mais sortis de ce sanctuaire, nous serons toujours au bas de l'échelle. Que nous importe leur démocratie qui n'est faite que pour eux ! Elle m'a dit... ne t'en va pas !

Rescapé 7 : As-tu pleuré ?

Rescapé 8 : Que lui as-tu répondu ?

Rescapé 6 : J'ai pleuré, oui. Des larmes de renoncement. Des larmes de renoncement mêlées d'espoir. Ce n'est pas vous que je quitte, ce n'est pas cette terre que j'aime et qui m'a vu grandir ! C'est la barbarie et l'horreur qui me chassent d'ici !

Rescapé 2 : Quel mal as-tu commis ?

Rescapé 6 tétanisé, reste silencieux.

Rescapé 7 : Oui ! Quel mal as-tu commis qui t'ait arraché de ta fille ?

Rescapé 3 : Il a tué.

Rescapé 8 : L'oppresseur ? L'agresseur ? Celui qui réprimait honteusement et déversait le sang dans nos maisons ?

Rescapé 3 : Il a tué sa femme.

Rescapé 2 : Que dis-tu ?

Rescapé 7 : Ordure !

Rescapé 8 : L'infame ! Tu voulais nous prendre en pitié ! Jetons-le à la mer !

7 et 8 commencent à s'exécuter

Rescapé 3 : Lâchez-le.

Rescapé 8 : Tu le défends, ordure, toi aussi ?

Rescapé 3 : Qui es-tu, toi ? Sais-tu au moins pourquoi il l'a tuée ?

Rescapé 7 : Que nous importe de savoir ! Ce n'est pas humain !

Rescapé 3 : Alors, jetez-le à la mer, et vous n'en saurez jamais rien. Animaux que vous êtes.

Rescapé 7 : Donne-nous une bonne raison, alors !

Rescapé 3 : Tu te mets à douter ?

Rescapé 8 : Il a tué sa femme !

Rescapé 3 : Je n'en sais rien.

Rescapé 8 : C'est toi qui l'a dit !

Rescapé 3 : Tu m'as cru et vous alliez le jeter à la mer.

Rescapé 7 : c'est toi qu'il faudrait tuer à essayer de nous tromper de la sorte !

Rescapés 7 et 8 s'en prennent à rescapé 3 qui reste impassible.

Rescapé 1 : Arrêtez ! Un bateau en vue !

Rescapé 7 : Encore une hallucination ?

Rescapé 2 : Non, il dit vrai, je le vois !
Rescapé 8 : Nous sommes sauvés !

Rescapé 6 profitant des regards détournés, se jette à la mer.

Rescapé 3, *qui ne l'a pas quitté des yeux* : Adieu, mon frère.

Rescapé 2 : A l'aide !

Rescapé 7 : Sauvez-nous !

Rescapé 8 : Par ici !

Entrent un garde-côte et un photographe

Garde-côte : Tout le monde descend ! Enfin, non ! Restez à bord !

Rescapé 4 : J'ai faim !

Rescapé 5 : J'ai soif !

Rescapé 7 : Aidez-nous !

Garde-côte : Oui, oui. Excusez-moi mes braves gens, mais on ne peut pas accueillir toute la misère du monde !

Rescapé 2 : Nous ne sommes que quelques survivants !

Garde-côte : Qui sait s'il n'y en a pas d'autres qui se cachent !

Rescapé 2 : Il n'y a que nous !

Garde-côte : Et on tourne la tête, et paf, vous proliférez !

Rescapé 4 : J'ai soif !

Rescapé 5 : J'ai faim !

Rescapé 7 : Pensez à eux ! Ils sont en train de mourir !

Garde-côte : ça, il fallait y penser avant d'embarquer !
Rescapé 8 : Un peu de charité chrétienne !

Garde-Côte : Olala, vous entrez en territoire laïc vous savez !

Rescapé 2 : Alors, nous allons mourir ici ? Maintenant ?

Garde-Côte : A vrai dire, non, il faudrait que vous fassiez demi-tour, de quelques miles, pour éviter de polluer ces eaux protégées avec vos cadavres.

Rescapé 4 : J'ai faim

Rescapé 5 : J'ai soif.

Photographe : Excusez-moi, cela vous embêterait-il de le redire, mais avec une mine un peu plus affectée !

Rescapé 4, *même plainte* : J'ai faim

Rescapé 5, *même plainte* : J'ai soif.

Photographe : Voilà, c'est parfait ! Merci. Continuez de gesticuler de façon un peu anarchique, voilà, vous êtes beaux, laissez vous happer par la mer, vous souffrez ! Souvenez-vous de ceux que vous avez laissés là-bas, Pleurez ! Voilà, ça fait du bien !

Garde-côte : Je peux poser avec eux ?

Photographe : Ah ! Non ! Je suis ici dans un devoir de témoignage, et de dénonciation ! Il faut que les gens connaissent l'horreur de ce qui se passe ici ! Une image choc !

Garde-côte : A quoi ça sert ?

Photographe : A faire du bien.... Oui, vous comprenez, le chacun chez soi, ça n'a pas que du bon... Les gens culpabilisent à force ! Là, de voir que c'est pire ailleurs, inhumain, ça les révolte... et qui dit révolte, dit empathie ! Pourquoi pensez-vous que les gens lisent autant les infos ?

Garde-côte : Je ne lis que les pages sportives !

Photographe : Je m'en serais douté ! N'empêche que de lire ces infos, ça change quoi ?

Garde-côte : Je ne sais pas.

Photographe : eh bien, ça ne change rien ! Les gens s'indignent, ça leur fait du bien de s'indigner, ça maintient en bonne santé, on le fait pour soi-même, on se dit : "ah finalement, ma vie n'est pas si mal !", mais voilà tout !

Garde-côte : Oh ça descend dans la rue quand même ! Mon frère, qui est policier...

Photographe : Oui, dans la rue, mais pas plus loin ! Vous en voyez beaucoup qui plaquent tout pour venir secourir ces pauvres diables ?

Garde-côte : ils ont bien assez à faire chez eux !

Photographe : Voilà, et moi je colore leur quotidien ! Et je gagne peut-être le Pullitzer au passage…

Rescapé 4 : Donnez-nous à manger !

Rescapé 5 : Donnez-nous à boire !

Photographe : Doucement ! Vous ne savez pas ce que ça coûte un appareil comme ça !

Rescapé 4 prend l'appareil et le jette au sol

Rescapé 4 : Je suis la faim !

Photographe : Mon Pullitzer !

Rescapé 5 : Je suis la soif !

rescapé 4 : Je veux être l'abondance !

Rescapé 5 : Je veux être un fleuve !

Rescapé 4 : Rendez-nous ce que vous nous avez volé ! Où sont nos fruits ? Où sont nos animaux ?

Rescapé 5 : Rendez-nous nos sources d'eau limpides ! Rendez-nous nos pluies ! Où sont les rivières dans lesquelles on se baignait sans crainte ? Où sont les fontaines dans lesquelles on buvait abondamment ?
Rescapé 3 : Battez-vous. Luttez.

Rescapé 4 : Abattoirs, poubelles, sachets plastiques, arômes artificiels et OGM.

Rescapé 5 : Pesticides, insecticides, dissolvants, gaspillage !

Garde côte : Cela va vous coûter cher !

Rescapé 4 : Enclos, batterie, sadisme, sanguinaires !

Rescapé 5 : Mercantilisme, laxisme, piscines, Las Vegas !

Rescapé 3, *un bâton à la main, frappant violemment le sol* : On saborde le navire ! Fuyez !

Rescapés 2, 4, 5, 7, 8 sautent sur les nouveaux venus qui s'enfuient en courant, ils sortent.

Photographe : Ils sont fous !

Garde-Côte : La loi contre les faibles !

Restent rescapé 1 et rescapé 3

Rescapé 1 : Je vois les ténèbres, je vois le sang et le feu, tous les hommes se mordent les bras et s'arrachent des lambeaux de chair, je vois les enfants qui tuent leurs parents dans l'indifférence et les rires, je vois... Je vois des coalitions pour l'extermination des plus faibles, je vois des déserts de cadavres...

Rescapé 3 : Tu ne vois rien.

Rescapé 1 : Je vois...

Rescapé 3 : Ferme les yeux. Vois. Sens ton coeur au milieu de l'immensité. Tu entends le vent qui souffle et l'océan qui gronde ? Tu vis. Laisse-toi porter par l'infini ! Sens-tu comme l'humanité est petite ? Sens-tu comme tous ces êtres sont insignifiants ? Ils se lacèrent, ils s'exècrent, ils s'aiment, mais aucun demain ne leur est garanti ! Il n'y a pas de futur ici bas ! Vis !

scène 4

Le père : C'est toi qui avais raison Paola. J'ai fui. Je ne suis que l'ombre d'un père. J'ai trahi ma propre pensée. Militaire, j'ai obéi. Père absent, je t'ai abandonné. J'espère à présent que tu sauras t'en sortir, trouver ta voie. Je m'en vais rejoindre ceux qui ne souffrent plus d'exister, je ferai l'ultime grand voyage, peu importe mon corps, peu importe mon passé.
Entre la conteuse

La conteuse : Arrête ton char, Richard !

Le père : Pardon ?

La conteuse : Tout le monde le sait que tu marches !

Le père : Votre humour laisse à désirer.

La conteuse : Allons bon ! *Elle le lève*

Le père : Je… Je marche !

La conteuse : Tu es arrivé en marchant… On devient pas paraplégique en claquant des doigts.

Le père : Mais… Mais je ne comprends pas !

La conteuse : C'est écrit, tout est écrit !

Le père : Comment ça ?

La conteuse : Mais tout ! Tes répliques, les miennes, le fait que je te lève !

Le père : Mais, c'est impossible ! Laissez-moi ! J'ai une lettre à écrire à ma fille !

La conteuse : Non, tu arrêtes ! C'est pathétique. On est là pou s'amuser, et personne n'y croit à cette histoire !

Le père : Mais c'est ma vie ! Je sais ce que je dis !

La conteuse : Mais non ! Même ça c'est écrit ! Et même ça c'est écrit, c'est écrit aussi !

Le père et la conteuse : j'aime les merguez pas trop cuites, mon caleçon est jaune à fleurs, pim pam pim pam, j'ai un asticot dans mon slip !

Le père, *au ralenti* : Mince ! Tout ce que je dis est déjà écrit… Mais je suis qui moi ?

La conteuse : Antoine, 35 ans, tu habites dans le centre et tu vis plus que modestement.

Le père : C'est dingue !

La conteuse : Je te présente l'auteur... Grand-Père !
Entre Grand Père. Tu es bien l'auteur !?

Grand Père : Ah non c'est pas moi !
Il sort

La conteuse : Tu vois, c'est lui !

Le père : Mais comment on arrête tout ça ?

La conteuse : On l'arrête pas ! Il y a un pacte implicite entre nous et le public.

Le père : Le public ?

La conteuse : Mais là !

Le père : Oh merde ! Bonjour ! Ils sont nombreux ! Et ils savent que tout ce que je dis est déjà écrit ? Oui ? Olalalala ! Mais ils savent ce que je vais dire, du coup ? Non ? Messieurs, dames ! J'ai retrouvé l'usage de mes jambes, euh, miraculeusement, grâce au pouvoir de l'amour que je portais pour ma fille Paola ! Moi-même Antoine, 35 ans, qui vit dans le centre plus que modestement, je m'en étonne ! Car il est vrai que je ne me rappelle pas avoir couché avec sa mère, d'ailleurs je ne sais pas qui est sa mère, mais je sais que je l'aime !
Il est long ce texte !

La conteuse : c'est ton quota de répliques, quand tu l'auras épuisé, tu deviendras muet !

Le père : Mais non, c'est pas possible ! J'ai encore plein de choses à dire ! Je voulais expliquer... ce que c'est la guerre, bam bam bam, les mitraillettes, quand on court sur la plage poursuivi par des soldats hystériques, qu'il y a des pluies de bombes qui s'abattent sur nous...
Il finit sa scène de guerre en mimant et parlant, puis se rendant compte qu'il est muet et que cela ne sert à rien, il sort désolé.

La conteuse : Un de moins ! A la guerre comme à la guerre ! J'en imagine certains d'entre vous qui se sont dit "ah tu vas voir, en fait Paola, c'est la conteuse, mais des années plus tard, et en fait c'est aussi l'auteur". Ahah ! Vous me faites rire ! On n'est pas à Hollywood ici !

D'ailleurs je disparais aussi à ce moment de la pièce et je ne connais pas la fin ! Mais le tableau qui suit... *elle raconte le tableau en muet tout en sortant.*

Tableau 4 La liberté guidant le peuple - Delacroix

5 personnages : Marianne, porte le drapeau français, Gavroche, enfant à sa droite, Maman, femme implorante qui s'accroche à ses pieds, Edmond de La Fébouse, homme au haut de forme, Marcel Du Sudeux, casquette et chemise blanche le suit.

Marianne : C'est par là !

Edmond : Vous êtes sûre Marianne ?

Marianne : Oui ! La liberté n'a qu'un chemin : la liberté !

Marcel : Ouais !

Marianne : Ah ! Maman, lâche-moi ! Tu m'empêches de marcher !

Maman : Ma petite fille !

Marianne : Maman !

Maman : J'ai raté ton éducation !

Edmond, *pointant la mère* : Voulez-vous que je vous débarrasse de votre boulet ?

Marianne : Edmond, vous êtes bien aimable, mais on n'agit pas ainsi !

Maman : Voyez Monsieur de la Fébouse...

Marcel : Fébouseuh ! ah ! ah ! Prouteuh !

Edmond : Marcel ! S'il vous plaît ! On ne choisit pas sa particule !

Maman : Voyez Monsieur de la Fébouse, comme ma fille était vertueuse quand elle était jeune !

Marianne : Maman !

Maman : Il faut que vous sachiez Monsieur de la Fébouse,

Marcel : Prouteuh ! Prouteuh !

Edmond : Appelez moi Edmond je vous en prie, et vous Marcel, cessez ces enfantillages !

Maman : Eh bien Monsieur de La Fébouse, elle brodait très bien ma petite, et elle disait toujours merci à tout le monde, même quand son père la giflait ! Elle était très douée, elle a su lire parfaitement à 4 ans toutes les recettes de cuisine que je lui donnais, à 8 ans, on lui avait déjà trouvé un mari, elle avait un bel avenir, pas comme ces enfants de la rue, là…

Gavroche : Ta gueule la vieille !

Maman : Voyez !

Marianne : Allons Gavroche… Il n'est pas très discipliné mais c'est un courageux soldat pour son âge !

Gavroche : Il est où le roi ? J'vais lui péter sa tronche !

Marcel : Ouais !

Maman : Et puis son père a perdu la tête

Edmond : folie ?

Maman : non, guillotiné !

Edmond : c'était un traître ?

Maman : Non, c'est elle qui l'a guillotiné à la maison, elle en avait marre de se prendre des gifles… Le pauvre homme… Je n'ai plus que ses yeux pour pleurer… *elle sort deux yeux de sa poche*

Marianne, *se libérant de sa mère* : Liberté ! C'est par là !

Marcel : Ouais !

Maman : Marianne ! Ma petite fille ! *Elle la suit tant bien que mal avec la difficulté d'une vieille dame, éclusant les mouchoirs de ses pleurs sur son passage.*

Marianne : Suivez-moi !

Tous descendent dans la fosse, Edmond et Maman suivant Marianne qui cherche visiblement un chemin qu'elle ne trouve pas, Marcel et Gavroche défiant ça et là des membres du public, menaçants

Marcel, *de façon découpée* : es tu royalisteuh ?   Et toi ? Et ta soeureuh ? Toi tu es royaliste ! Non, toi, t'as pas les moyens ! Toi ? T'aimes bien les châteaux ! Ça te plaît les châteaux ! Avoue ! T'as jamais visité le château de Versailles ? Toi t'es royaliste ?... Je suis Marcel du Sudeux ! s-u-d-e-u-x ! Marcel du Sudeux...

Gavroche, *idem* : c'est toi le roi ? C'est toi ? J'vais t'péter la tronche ! Elle est où ta couronne ? C'est la reine elle ? C'est la reine ? Ils auraient pu en prendre une plus belle ! J'vais tous vous péter la tronche…

Marianne : J'aurais juré que c'était par là… Ou par ici ? Ah ! non, visiblement, non ! Ah je crois reconnaître l'endroit ! Non… c'est pas là !

Edmond, *impatient vient rompre le brouhaha :* Cessez ! Il n'y a pas de royaliste ici, et Marianne ne connaît pas le chemin de la liberté !

Marcel : Je suis Marcel du Sudeux ! s-u-d-e-u-x !

Edmond : On s'en fout Marcel !

Marcel : Ouais !

Gavroche : On tourne en rond !

Marianne : Non mais je connais le chemin, mais j'ai un problème de sens de l'orientation…

Edmond : ah ! Oui ?

Marianne : Votre "ah oui" était sexiste ! Monsieur de la Fé-bouse !

Marcel : Prouteuh ! Prouteuh !

Edmond : Non, je m'étonnais, c'est tout ! Marcel ! Je vais t'étriper ! *Ils en viennent aux mains*

Une personne au milieu du public se lève

Inconnu : Moi je suis royaliste !

Tous *courant vers lui* : A mort le roi !

Inconnu : Mais j'ai un GPS !

Edmond, *stoppé net* : un quoi ?

Inconnu : *prononciation anglaise* : G-P-S, néïvigéïshion pèw séteulaïte !

Marianne : ça sert à quoi ?

Inconnu : vous entrez l'adresse et ça vous indique votre chemin !

Maman : C'est de la sorcellerie !

Gavroche : Tu soûles la vieille !

Maman : Vous avez entendu Monsieur de la Fébouse ?

Edmond, *regard noir vers Marcel* : Va t'asseoir maman, laisse faire les hommes !

Elle va s'asseoir contrariée, et regarde le yeux de son mari, nostalgique

Marianne : C'était très sexiste aussi, c'est la deuxième fois que je vous reprends,, à la troisième…

Edmond : Et ça marche comment votre GPS ?

Inconnu : eh bien vous rentrez l'adresse… Vous alliez où déjà ?

Tous : La Liberté !

Inconnu : Bien, rue de la Liberté, numéro ?

Tous : euh…

Inconnu : on va mettre croisement… Code postal ?
Tous : euh…

Inconnu : les utopistes et les chiffres ça fait jamais bon ménage… Passons ! J'appuie sur ok ! et Là… Miracle…

voix off : "votre itinéraire comprend des péages, souhaitez-vous les éviter ?"

Tous : oui !

voix off : "recalcul de l'itinéraire en cours…"

Inconnu : Il n'y a plus qu'à se laisser guider !

Voix off : "aller tout droit, aller tout droit, à la prochaine intersection tourner à droite, tourner à droite, tourner à droite, faites demi-tour dès que possible"

Marianne : c'est pratique quand même !

Marcel : Oh madame ! Votre voix elle est bien belle hein !

Voix off : "Remballe ta prose Marcel, t'as aucune chance !"

Gavroche : Ahah ! Marcel !

Marcel : Oh Gavroche ! Fais attention à toi !

Gavroche : Tu me touches, je te colle une balle entre les yeux !

Marcel : ok ok…

Voix off " aller tout droit, aller tout droit, aller tout droit… Faites attention à la scène, faites attention à la scène !" *tous s'encastrent dans la scène.* "Eh ben c'est pas des Lumières ! Montez sur la scène… Vous êtes arrivés !"

Chloris, Le taureau et Vénus sont en plein travail assis à une table

Edmond : On est revenu au point de départ !

Inconnu : Il y a un condensé métaphorique très fort dans ce tableau !

Marianne : Excusez-moi, on cherche la liberté !

Taureau : Chut !

Vénus : on fait la liste ! Pour les requêtes c'est le matin de 10h à 10h30.

Marcel : Il est 10h30.

Vénus : c'est bien ce que je dis !

Marianne : Vous n'avez pas vu un roi ?

Chloris : Non mais ma p'tite dame ! Vous croyez qu'on a que ça à faire de regarder les gens qui passent ? Il est 10h30 ! Repassez demain ! C'est dingue ça !

Taureau : Chut !

Chloris : Mais je ne vais pas me taire. Parce que si on se tait, on risque bien de ne pas se faire entendre et quand on ne s'entend pas, personne ne vous écoute ! C'est un peu facile de toujours vouloir diriger et de ne pas suivre les consignes ! Voilà je suis énervée, mais en même temps la liberté, on va pas la trouver si tout le monde parle en même temps alors que c'est plus l'heure ! Un peu de discipline ! Tiens mon garçon, prend ce mouchoir et mouche-toi le nez !

Gavroche : Merci. *Pouet.*

Venus : J'ai une idée !

Taureau : Ah ?

Vénus : un salaire identique pour tous et temps de loisir annexé sur la pénibilité. Tiens mon garçon, prend ce mouchoir.

Gavroche : Merci ! *Pouet*

Taureau : pas mal, je note !

Edmond : vous écoutez vos femmes ?

Marianne : c'est la troisième !

Edmond : Et ?

Marianne : et ça ! *elle lui met un coup de drapeau sur la tête, il s'effondre.*

Inconnu : c'est vraiment très fort métaphoriquement !

Maman : ah ! ils ont parlé !

Taureau : Qui ?

Maman : Les yeux ! Si, je vous jure ! Ils m'ont dit : Nous connaissons la voie de la liberté !

Inconnu : Ils ont le code postal ?

Maman : On se voit en chacun mais tous les coeurs sont aveugles ! La liberté est un chemin tracé par le doute : demande-toi : suis-je libre, et à la seconde, tu le seras ! Si tu défends ta liberté et celle des autres, tu seras libre, mais si tu défends la possession, tu vivras seul, craintif et violent. La liberté, c'est l'expression de la liberté, l'esclavage, ce sont les murs de ta maison, ce sont les murs de la nation !

Taureau : notez, notez !

Chloris et Vénus : ça va trop vite !

Marianne : Le drapeau a parlé !

Inconnu : Molière de la métaphore 2016...

Gavroche et Marcel : Qu'est-ce qu'il a dit ?

Marianne : C'est un peu vulgaire…

Taureau : il nous faut ces yeux ! Attrapez-les !

Maman : Jamais ! Mon mari reste avec moi !

Marianne : Liberté !

Tous : Liberté !

Inconnu, *qui met son GPS en marche :* c'est parti !*Tous se mettent à poursuivre Maman qui s'enfuit avec ses yeux sur la musique de Benny Hill*

Scène 5

Paola : Ah ça m'énerve ! Ils ont tout fait rater !

Amie : Bonjour Paola ! Alors encore en train de refaire le monde ?

Paola : Laisse tomber !

Amie : Ne t'en fais pas, on va partir toutes les deux, on est amies, non ? et t'entendras plus jamais parler du vieux pervers et de la vieille sadique !

Paola : Arrête un peu !

Amie : Tu es encore affectée par le suicide de ton père, je comprends, c'est dur…

Paola : Mais non ! La conteuse a révélé qu'il était pas paraplégique !

Amie : Oh ! Tu as ouvert la cage pour rendre sa liberté au petit Macroule !

Paola : Ah ben oui, il doit être loin là !

Amie : Tu vois, on ne se connaît pas depuis longtemps Paola, mais j'ai le sentiment qu'on est lié par le même destin ! Celui de nous émanciper et de devenir des femmes libres ! Un peu comme le petit Macroule !

Paola : Bah voyons !
Amie, muette, continue à parler Ah ! Toi aussi tu as épuisé ton quota de répliques ! Mais vous avez tous raison ! Je vais me barrer et vivre ma vie !

Entre la Tante et l'oncle, métamorphosés et bienveillants.

Tante : Paola, nous avons à te parler.

Oncle : Oui c'est difficile, nous ne savons par où commencer.

Tante : Nous pensons qu'il serait bon que…

Oncle : tu t'assumes ! Enfin…

Tante : Tes crises de folie, enfin tu parles à tes livres, tu vois bien, ça nous fait peur… On pensait que tu pourrais…

Oncle : habiter seule ! A ton âge, tu peux.

Paola : Ah d'accord ! On essaie de noyer le poisson ! Faire diversion ! C'est malin ! Mais on n'y croit plus du tout maintenant !

Tante : Mais de quoi tu parles ?

Oncle : Laisse, je crois que c'est ce livre qui la rend folle !... Paola, quand tu auras pris ta décision… On a un peu d'argent de côté pour toi…
Ils sortent

Paola : Mais oui, bien sûr ! On me chasse comme ça ! Parce que je suis folle ? Mais tout le monde est fou ici ! C'est pire qu'en 40 !

Tableau 5 Guernica

D'un côté une photo-parodie de Jean-Pierre Leloir de 1969 qui immortalisa la rencontre entre Brassens, Ferret et Brel, mais où figurent Hitler, Mussolini et Franco.
De l'autre, ambiance buccolique, le taureau, Gavroche joue avec une épée en bois, Chloris joue avec lui affublé d'une tête de cheval, Vénus porte un bébé dans ses bras, le curé de Bosch médite devant une lampe à huile, Les Heures joue avec sa montre, la nonne lit un livre.
Hitler, miroir dans la main se repeigne examine sa mèche, etc, Mussolini girouette sur la tête, Franco, joue avec des petits soldats et des avions, tous cigare aux lèvres, verre de spiritueux sur la table.
Roulement d'yeux de "Maman" sur la table entre Adolphe et Benito.

Adolphe : Ah mais la culture indienne, c'est quelque chose !

Benito : Ah ça !

Adolphe : Ils sont zen, mais zen ! Mais putain qu'est-ce qu'ils sont bruns !

Benito : Tu savais petit, que j'ai rencontré Gandhi ?

Adolphe : T'as dit quoi ?

Benito : J'ai rencontré Gandhi.

Adolphe : Ouais mais avant ?

Benito : C'que tu dis avant, c'est parce que t'as pas envie d'le dire maintenant… Bref, j'ai rencontré Gandhi. Il m'a adoré, mais putain, il est zen, mais zen !

Adolphe : C'est beau les Indes ! J't'en ferais des aquarelles moi ! Tiens, regarde c'est une croix que j'ai pompé de chez eux pour mettre sur mon drapeau.

Benito : T'aurais dû faire les Beaux-Arts, Adolf, t'aurais dû faire les Beaux-Arts !

Adolphe : Arrête, Benito, ça me rend nostalgique. C'était beau Vienne la nuit ! ça scintillait de plein d'étoiles qui brûlaient au matin…

Benito : Oh ! Francisco ! Un peu moins de bruit ! On s'entend plus penser !

Francisco : Vioum ! papapapapa !

Benito : Je te confisque l'avion !

Francisco : Mon avion !

Benito : J'te le dis Franco ! Tu l'auras quand tu feras moins de bruit.

Francisco, *moins fort* : Papapapa.

Adolphe : J'le sens pas lui.

Benito : C'est un militaire.

Adolphe : J'aime pas les militaires.

Benito : Tu préfères les mil-hitlers ?

Adolphe : J'ai des idéaux.

Benito : Tu vas nous foutre dedans avec tes idéaux !

Adolphe : C'est toi qui dis ça !

Benito : Moi, je suis pragmatique !

Adolphe : Ah ouais ?

Benito : Quand c'est calme, je fous le bordel, et quand c'est le bordel, je rétablis le calme.

Adolphe : Et du coup c'est calme ?

Benito : Ouais mais les gens ont peur que ce soit le bordel.

Adolphe : Pas mal...

Benito : Puis j'ai ça… *il sort deux feuilles cartonnées.*

Adolphe : C'est quoi ?

Benito : Des bulletins de vote. Le tricolore si t'es d'accord, le blanc, si t'es pas d'accord.

Adolphe : Si t'es pas d'accord ?

Benito : Ben t'écris ton nom et ton adresse sur la feuille blanche…

Adolphe : Et…

Benito : Et…

Adolphe : Génial… Je vais m'le faire !

Francisco : Mon avion !

Adolphe : C'est pas ton avion, on te le prête !

Benito : Du calme les deux ! Y'a un communiste là-bas !

Francisco : où ça ? où ça ?

Benito : Là-bas ! Cherche !

Les personnages du fond commencent à se figer, inquiets.

Adolphe : Eh !

Benito : Ouais ?

Adolphe : ça t'arrive de douter ?

Benito : Douter ? C'est pour les fiotes, ça !

Adolphe, *changement brutal* : J'aime pas les fiotes !

Benito : Tu doutes ?

Adolphe : J'suis pas une fiote !

Benito : Tu veux qu'on s'la donne ?

Adolphe : J'vais t'mettre mon armée sur la tronche ! J'vais faire de toi de la purée *Mussolini* ! (*prononcé à l'italienne*)

Benito : D'homme à homme ! Putain, ça fait longtemps que j'ai pas mis mon poing dans la gueule de quelqu'un ! ça me démange !

Adolphe : Argh ! Je suis puissant, très puissant !

Benito : T'as rien dans le slip, tu passes ton temps à te cacher ! Va te faire psychanalyser par Freud !

Adolphe : Argh ! Ma mèche !

Francisco : Pas trouvé !?

Adolphe : Mais il est devant toi le communiste !

Benito : J'suis communiste, moi ?

Adolphe : Il a lu tout Marx, il a été journaliste chez les socialos !

Benito : Ah, on ressort les vieux dossiers !

Adolphe : Faut assumer !

Benito : Et tes banquiers, ils sont sénégalais peut-être ? Tu les fous pas dans un camp, eux!

Francisco, *militaire* : De l'ordre !

Les personnages du fond, au maximum de l'angoisse.

Adolphe : On reprend. L'anticolonialiste veut sa part de colonies…

Benito : hmm…

Adolphe, *le stoppe net* : La vermine...

Francisco : Conversion ?

Adolphe : Dieu, c'est moi ! Vous ferez ce que je vous dirai de faire. Je hais le monde, je hais l'ordre. Je vais créer l'apocalypse, après moi, il n'y aura plus rien. La noirceur va s'abattre dans tous les esprits, pire que toutes les famines et que toutes les épidémies de peste, je vais ronger tous les corps et toutes les consciences… Je suis... le néant.

Il prend l'avion de Francisco. Le tableau de fond se fige sur Guernica.

Noir.

Les Heures : Je renais de chaque cendre. Sous les cieux rougissants, mon coeur en lave palpite. Vains promoteurs de la dérision et du sarcasme, le vent vous balaie. Sur les berges cadavériques, j'érige des cimetières contre l'oubli. Je chante plus fort que le sifflement de vos bombes, je chante plus fort que l'ironie des plus jeunes, nombrilistes éphémères, serpents de carnaval.

Je porte en moi des millénaires d'injustice, de barbarie, Je porte en moi l'humanité des faibles, et ma grossesse ne donnera naissance à aucun jour.

Toi l'homme qui hier, pensas que le monde t'en voulait, alors tu en voulus au monde et planifia sa destruction.

Toi l'autre qui te sentis délaissé et façonnas tes flèches venimeuses pour empoisonner tes congénères dans ton indifférence sadique.

Je renais de chaque crime, et mes larmes, malgré elles, enfantent la violence.

Je porte en moi des siècles de mots et de sagesse et vous m'arrachez les plus vils, vous ignorez à dessein les plus beaux.

Mais les voix de la souffrance m'entendent, mais les voix de la souffrance s'abreuvent de mon essence.

Se forme un cortège de femmes qui murmurent le mot liberté qui va croissant.

Mes secondes palpitent en elles, elles apprennent à marcher au rythme de mes minutes. Elles pensent au battement de mes heures, et apprennent à agir chaque jour que je lève pour elles. Des geôles que vous leur avez construites, elles dénoncent vos saisons et leurs mûres années vous chassent d'un revers de la main. Leurs lèvres gercées d'amertume et de vexation entonnent bientôt le même chant juste et solidaire, leur danse imparfaite s'extirpe de leurs corps libérés.

Vous vouliez coucher le soleil, vous vouliez dominer la lune… Mais vos cendres dispersées bientôt vous étouffent et la lave que je portais en mon sein est maintenant une montagne…

Paola passe telle une furie, répandant feuilles, peinture et autre sur la scène

Tableau 6 Marilyn - Andy Warhol - 1960

Les Marilyn, *à l'unisson* : Je suis singulière, mon corps m'appartient. Je suis singulière. Ma pensée est unique. Dans ce monde oppressant, je me bats pour être moi. Je lutte pour mes droits. Je montre mon visage. Différent.

Je suis singulière, mon corps m'appartient. Je suis singulière. Ma pensée est unique. Je ne suis pas l'épouse de. Je ne suis pas un faire-valoir. Dans ce monde oppressant, je me bats pour être moi. Je lutte pour mes droits. Je montre mon visage. Différent.

Je suis singulière, mon corps m'appartient. Je suis singulière. Ma pensée est unique. Faire l'amour si je veux. Baiser, si je veux. Des

enfants, si je veux. Un mari, si je veux. Aimer une femme, si je veux. Dans ce monde oppressant, je me bats pour être moi. Je lutte pour mes droits. Je montre mon visage. Différent.
Je suis singulière, mon corps m'appartient. Je suis singulière. Ma pensée est unique…
Je suis mes choix.

1ère moitié des Marilyn : Produits de beauté, produits bio, produits minceur, produit vaisselle, produit ménager, produit d'entretien, produit machine, produit de consommation. Je suis mes choix.

L'autre moitié : féministe, anticonformiste, idéaliste, progressiste, anarchiste, communiste, socialiste, je suis mes choix.

1ère moitié des Marilyn : convenable, respectable, aimable, désirable.…

L'autre moitié : libérée, respectée, aimée, désirée.

1ère moitié des Marilyn : séductrice

L'autre moitié : instigatrice

1ère moitié des Marilyn : belle

L'autre moitié : rebelle

1ère moitié des Marilyn : caprices

L'autre moitié : sacrifices

1ère moitié des Marylin : broderie et dentelle

L'autre moitié : intellectuelle

agressives
1ère moitié des Marilyn : frigides !

L'autre moitié : soumises !

1ère moitié des Marilyn : poilues !

L'autre moitié : vendues !

Les Marilyn, *à l'unisson* : Je suis singulière, mon corps m'appartient. Je suis singulière. Ma pensée est unique. Dans ce monde oppressant, je me bats pour être moi. Je lutte pour mes droits. Je montre mon visage. Différent.

Entre Foulque Macroule

Foulque Macroule : Toute la monde se calme ! Tapage diurne en plein jour sur la voie publique ! Scène de féminisme manichéen ! Et tout ça en détournant l'image de Sainte Marilyn ! Vous avez fait un sacré bordel !

Toutes : Oh !

Foulque Macroule se prend un coup de drapeau sur la tête.

Foulque Macroule : C'était quoi ça ? Est-ce que vous vous êtes déclarées auprès des services compétents pour l'usurpation de l'image de Sainte Marilyn ?

Toutes : Je suis Marilyn.

Foulque Macroule : Oui, oui, elles disent toutes ça... Déclinez vos identités, adresse, groupe sanguin, couleur préférée...

brouhaha général.

Foulque Macroule : On comprend rien du tout putain !
nouveau coup de drapeau sur la tête. Aïe ! C'est quoi ce bordel ! aïe ! Bon ok j'arrête ! Exprimez clairement vos revendications en trois parties, thèse, antithèse, synthèse, vous avez toutes un temps de parole d'une minute ! Je vous écoute.

Nouveau brouhaha général d'une minute.

Foulque Macroule : J'entends bien, mais la solution, c'est quoi selon vous ?

Nouveau brouhaha général d'une minute.

Foulque Macroule : C'est légitime, c'est légitime. Il faudrait dresser une liste, ça gagnerait en lisibilité pour l'auditeur non averti.

Entre Taureau

Taureau : Cette liste, je l'ai !

Foulque Macroule : Deux mille ans pour l'écrire, t'as pas traîné !

Taureau : J'étais pas tout seul !

Chloris et Vénus sortent du groupe de Marilyn

Vénus : ça nous a pris du temps, mais le résultat en vaut la peine. On a ici la solution pour un monde non violent, non sexiste, égalitaire et libre !

Zéphir entre, un ventilateur à la main.

Zéphir : Je t'en foutrais du monde, moi !

Chloris : Zéphir ! On va révolutionner le monde et toi, tu fais quoi ? Dis, tu fais quoi ?

Zéphir : Je râle !

Chloris : Exactement !

Zéphir : Regardez, non mais regardez ! *Il branche le ventilateur, satisfaction de tous.*

Zéphir, *qui éclate en sanglots :* C'est ça le monde dont vous rêvez ? Un monde sans Dieu, un monde sans âme, un monde sans mythe ? Je sers à quoi maintenant, moi ? Des siècles de peintures, de rêveries, et vous voulez un monde parfait, non violent, non sexiste, égalitaire pour tous ?

Tous : Oui !

Zéphir : Mais vous servirez à quoi, vous, quand le monde ira bien ? Vous avez déjà lu un livre qui ne parle que de bonheur, vous avez déjà vu une pièce de théâtre où tout se passe bien ? Non ! ça n'existe pas, parce que c'est chiant à mourir ! L'art existe parce que le monde est pourri ! Le jour où tout ira bien ici bas, on est mort, nous autres !

Tous se regardent un temps et déchirent la liste furieusement.

Chloris : Merci Zéphir, tu nous a ouvert les yeux ! Mon bel Apollon ! Souffle-moi dans le cou !

Foulque Macroule : A la poésie, à l'art, et à la merde dans le monde !

Tous : A la poésie, à l'art et à la merde dans le monde !

Tableau les Marilyn, Troupe du Petit Théâtre de Poche, mise en scène d'Aurélie MIGNIOT 19.06.2016 à Dijon

Epilogue

Paola joue seule sur scène avec des playmobil
Paola : L'autocar m'attend ! Un petit sourire Paola ? Souris ! Fais comme ta cousine, elle sourit, elle !
Entre la conteuse, elle commence à parler mais aucun mot ne sort de sa bouche.

Rideau

Edition : BoD - Books on Demand
12/14 rond-point des Champs Elysées, 75008 Paris
Impression : Books on Demand GmbH, Norderstedt, Allemagne
ISBN : 9782322095193
Dépôt légal : juin 2016